# 고래 심줄을 당겨 봤니

**시작시인선 0407** 고래 심줄을 당겨 봤니

**1판 1쇄 펴낸날** 2022년 1월 24일
**지은이** 송희
**펴낸이** 이재무
**기획위원** 김춘식, 유성호, 이형권, 임지연, 홍용희
**책임편집** 박은정
**편집디자인** 민성돈, 장덕진
**펴낸곳** (주)천년의시작
**등록번호** 제301-2012-033호
**등록일자** 2006년 1월 10일
**주소** (03132) 서울시 종로구 삼일대로32길 36 운현신화타워 502호
**전화** 02-723-8668
**팩스** 02-723-8630
**홈페이지** www.poempoem.com
**이메일** poemsijak@hanmail.net

ⓒ송희, 2022, printed in Seoul, Korea

ISBN 978-89-6021-610-5 04810
      978-89-6021-069-1 04810(세트)

**값** 10,000원

＊본 시집은 전북문화관광재단 2021년 지역문화예술육성지원사업에 선정되어 일부 지원
  금을 받았습니다.

# 고래 심줄을 당겨 봤니

송희

천년의
시작

시인의 말


어느 때의 이미지들이 녹슬지 않고
잠들지도 않고 곁을 두르고 있는 건
참 성가시다


안에서 재잘거리는 소리 캐내는 동안
삽으로 퍼낸 거친 사상을 만지는 동안
어디로든 날아가서 스스로 산화되기를
비는 동안


우렁찬 매미 소리에 많은 위로가 되었다


2022년 1월
송희

# 차 례

시인의 말

**제1부** 왼쪽 콧구멍에 사는 달

연蓮

별 하나가 툭 떨어져 연못에 빠졌지

아무도 엿보지 못한 물 밑

거기도 하늘이 한 세상 자라고 있었지

나도 하늘이야

서슴없이 구름의 키가 쑥쑥 자랐지

꽃잎을 열면 어린 별들이 촘촘촘 잠들어 있지

아무리 꽃바람으로 흔들어도 쌕쌕 별 냄새가 났지

연지문 열어 하늘을 만진 사람은

흙탕물 속도 뛰어들 수 있다는 거지

## 왼쪽 콧구멍에 사는 달

숨이 서걱거려 달과 해가 드나드는 통로를 봤지요. 왼쪽
은 달이 들락거리고 오른쪽엔 해가 드나들어요. 코벽 모퉁
이를 돌아 천 리쯤엔 요철도 있어요. 달이 지나가다 넘어
진 저수지, 시퍼런 공포가 떠내려가지 않았어요. 물벽을 잡
고 넝쿨을 뻗었던가 봐요. 비틀어져 굳었어요. 선잠 부스러
기를 주워 먹으며 먹이통 밖으로 날아갈 수도 있었는데 말
이죠. 달이 맘대로 드나들지 못해서 난 늘 왼쪽이 아파요.
가끔 막힌 달빛을 뚫어 보려 하죠. 해가 제 가슴을 두드려
요. 오른쪽 콧구멍에 사는 당신의 팔뚝을 휘감고 간신히 일
어나기도 해요. 곁이라는 공간, 이럴 듯 저럴 듯 시간을 말
며 굴러가죠.

내 왼쪽 콧구멍에는 달이 살아요.
오른쪽 콧구멍에는 당신이 살고요.

## 우니히피리

나무 판때기로 짠 성근 문틈으로 빛살이 굵다. 네다섯 살이나 됐을까. 여자아이가 쪼그리고 앉아 있다. 검은 쇠솥을 걸친 부뚜막에 엉덩이를 붙이고 존다. 볼에 끄득끄득 물기가 말라 간다. 술래잡기를 하다 숨어든 것일까.

보리밭에서 집까지는 500미터가 넘는다. 구르듯 달려와 숨어든 부엌. 새로 산 분홍 슬리퍼는 천둥처럼 무서운 문둥이에게 간 대신 던져 주었다. 엄마는 어디 가신 걸까. 아이는 부뚜막에 기댄 채 서럽고 무섭다.

감잎이 흔들리는지 간간이 빗장이 삐걱거린다. 소스라치다 시들거리다 쪼그라든 공간. 귀 익은 발소리를 기다리다 뚝 멈춘 액자 속 꼬마 인형.

# 연두

겨울 뒤꼭지에 매달렸던 호기심이 풀풀 날려서
매번 버선발로 뛰어나가죠

나무가 사열하고 있는 길을 지나고 있어요
실바람 톱날이 연두 가장자리 얼룩을 쳐내는 중이죠

잘라도 잘라도 밀고 나오는 손톱을 연두라 부를까요
아이처럼 막 떠진 눈동자를 연두라 불러야 할까요
처음 먹어 본 찔레 순의 속살도 연두라 할 거예요

연두는 낡아도 연두거든요

# 감자

벗이 전해 준 햇감자 받아 들고 무얼 해 먹을까 궁리하다
둘둘 갈아서 전을 부치는데 어릴 적 어머니가 쪄 준 감자 맛
이 떠올랐는지 그는 껍질째 밥에 얹으라 한다

찐 감자는 후덕후덕 손끝 데이며 겉옷을 벗기는 맛이 최
고이고 잿더미 속 불 내 나는 껌댕이 감자는 삶이 등 뒤에서
황망히 꽂아 준 그 주먹 감자까지 화끈 풀린단다

햇 맛에 비할 바 없이 켜켜 묵은 사랑이 쪄진다
포근포근한 살빛이 소쿠리에 수북 담긴다

사람 사는 동네가 맞긴 맞어
모다 쌈박질 그만들 하고 어여 와, 감자나 먹자

# 더 바짝

오리가 말했다
어서 와 바짝 끌어당겨 줄게
제 날개를 젖히고 졸라맨 패치 코트를 더 조이고
거뭇거뭇 화상 입은 나무 탁자에 앉아 있다
작은 램프 불이 희미하다
온통 유분이 칼질된 갈빗대를 철판에 올려 준다
바짝 더 바짝 가까이 다가가고 싶지만
여러 번 꿀꺽 꿀꺽 말을 삼켰다
허리둘레가 아직 익지 않았다
잡힐 듯 건너뛴 거리
바짝 야윈 마늘이나 괜스레 한 접시 더 얹는다
시들한 상추가 쌔한 그리움의 거리를 당긴다
지글거리는 살집의 소리가 줄었다
날개가 이제 막 물길을 접는다
창밖엔 나무가 이파리 한 장을
마저 치려 하고 있다
기름 덩이로 너무 오래 출렁거렸다
바삭 바삭 살집이 줄어든다
이제야 좀 가을 같아진다

# 물국시 한 사발

물국시 한 사발 하시게요
난 이 말이 좋다
툇마루 있는 집이 연상되어 좋다
나무젓가락과 친근한 양푼이 생각나서 좋다
반찬이 조촐해서 좋다
꼭 국시처럼 생긴 사람들이 모여 있어서 좋다
누구랑 먹어도 그냥
국시 한 사발 먹은 것이기 때문에 좋다
가는 국시는 더욱 좋다
나보다 가벼워서 좋다
순해서 좋다
실타래처럼 엉킬 여지가 없어 좋다
갚아야 할 식사 빚도 스르륵
술술 잘 넘어가는 국시가 좋다
이 세상에서 힘 안 들이고 이길 수 있는 것은
만만한 국시구나 싶어서 좋다
먹는 도중에 푹 퍼져서 다시
한 그릇이 된 국시한테 져도 좋다
국시를 먹고 나서는 뒤끝이 없다
비 오는 날 와락 땡긴다

## 꽃사지

입구까지 웃음소리 떠들썩해요
안내자가 축하객 왼쪽 가슴에 꽃을 달아 주는 중이에요
이미 나는 브로치를 달고 나왔어요

시든 꽃을 심장이 흔들고 있어요
눈 좀 떠 봐
브로치는 오래전에 관에 묻혔다고 우기고
브로치가 서랍에서 나오는 순간
숨이 트인 거라고 심장이 우겨대요
화사한 조명 끝에 몰려드는 시선을 타고
꽃잎이 움찔거려요
지난 일과 지금 사이에 놓인 시차를 적응 중이죠
숨을 들이쉴 때와 내쉴 때
미세한 간극이 있는 것처럼요
기억을 떠올린 꽃받침이 나와 심장 사이를 이간질해요
필요 이상의 향기를 다시 부여하려 해요
숨소리 가리고 싶을 때 다는 꽃사지
오래전에 매장시킨 꽃이지만 역사가 있어요
영원히 입 다물게 할 수도 없어요
맥박이 멈춘 줄기에서 피가 돌아요

이러다가 슬그머니 또 상황 하나가 태어날 거 같아요
이번에는 난산이 아니었으면 좋겠어요

# 내비게이션

아가, 이걸 챙겨 가거라 길을 잃었을 때 필요하다 지구에
도착해서 대여섯 시간 뒤면 기억을 잊게 될 거야 너도 물로 만
들 거란다 끈은 배꼽에 매어 둘게 노를 잘 저어라

첫발 닿는 곳이 네 집이야 부모를 꼭 빼어 닮은 생이 있단다
거기서는 길고 긴 여정처럼 여겨질 거야

집으로 돌아오는 길은 너만이 알 수 있다 심장박동에 귀를
기울여라 오목가슴께에서 손가락 두어 마디 안쪽에 통로가 있
다 초록 코드를 찾아내

그리곤 무지개다리를 향해 오너라 익숙해지라고 이따금 동
산에 무지개를 띄웠잖니 빨강 주황 혹은 파랑 각 빛깔마다 달
콤한 마력이 숨어 있단다

초록이 문제다 환영을 뿌리치기가 쉽지 않아 건너기가 겁날
테지만 마음이 장난치는 거란다 너를 믿어라

파랑은 건널목이야 파랑만 잘 지나오면 보라역에 닿는 건
쉽단다 다리지기에게 청을 해 뒀다 엄마는 네 화관을 들고 역

에서 기다리마 보라 속으로 들어서거라 파티에 늦지 마라
아가

# 인도 2

뜨거운 계절과 더 뜨거운 계절과 가장 뜨거운 계절
세 계절이 있는 인도 남부에서
샤워를 하려고 수도꼭지를 트니 뜨거운 물이 쏟아진다
손을 댈 수 없다
뜨거운 맛을 봐야만
찍찍거리던 코가 조용하고 윙윙거리던 머리통도
가지런해진다
정신이 돌아온 이곳에선
무슨 사랑 타령 어림없다
무슨 시詩 타령
무슨 쌈박질 따위 어림없다
몸이 박박 타서 눈도 감기지 않는데
원숭이가 냉큼 가방을 가지고 달아났다

## 인도 3
—아루나찰라


인도의 남쪽에 라마나 마하리쉬 사원이 있다
마하리쉬 흉내를 내며
그가 명상하던 바위까지 맨발로 올라갔다
사람들로 가득 차서 엉덩이 붙일 곳이 없었다
개에게도 자리를 빼앗겼다
서너 날 있으려고 들어섰다가
몸이 떨어지지 않았다
그곳에서 빠져나오기는 오래 걸렸다
거기 과거를 걸어 두고 왔다
거기 미래도 걸어 두고 왔다
심장도 걸어 두고 왔다

# 인도 2019


바퀴 달린 새의 꼬리에 올라타 달렸다
새는 쉬지 않고 날아 히말라야에 도착한다
그것은 날갯죽지의 힘이다
바람도 막지 못한다
허공의 뼈다귀들이 부러지는지 굉음이 심했다
할 일을 수천 미터 아래 내던진 채 구름의 결혼식에 들렀다
해야 할 일들이 하객처럼 따라왔다가 돌아갔다
구름의 안내로 한밤중에 입소한 막사는 자유의 거처
침대마다 모기장이 쳐진 게 작년과 다르다
나는 이제 일에서 해방된 일의 시체이므로
썩은 냄새가 나서 날것이 물지도 않을 것이다 싶었는데
벌레들이 고물고물 침대 속으로 기어 들어와 간을 봤다
깜깜했으나 공기들이 어슬렁거리는 것을 느낄 수 있다
도마뱀이 벽에 붙어 꼬물대는 것을 느낄 수 있다
그중 한 놈은 열린 내 가방 속을 뒤질 것이다
여러 나라의 숨결이 뒤섞인 이 방은
언어가 통하지 않아 묵언하기 좋다
눈짓만 오갈 뿐 저절로 수화가 된다
하드디스크가 모두 삭제되고 빈 문서가 된다
고향의 얼굴이 기억나지 않는다

# 유리창과 비의 껍질

무엇이든 구김 없이 건너게 하는 유리창과

무엇에게든 옮아가 헐렁한 길을 내주는 비

그게 넘어야 할 제 몫의 경계라 믿어

제게서 쓸쓸함이 더 빛난다는 걸 알지 못했지

유리창에 뛰어들어 말라붙은 비 허물과
허물에 가려져 마침내 저를 보게 된 유리창

무엇을 지키느라 제 모습 보지 못했는지
한 외로움과 한 외로움의 깨지 않을 낮잠

# 라이브

대로 한복판에서 세팅된 무대를 치우고 있다
작열한 햇빛이 조명
관객은 빈자리 없이 찼다가 뿔뿔이 흩어졌다
나를 닮은 분필 자국은 비스듬히 누운 채 깊이 잠들었다
한쪽에서는
자동차와 사람이 서로 받아들인 흔적이라고 기록된다
콘센트와 플러그가 끌어안았다고
부드러움이 단단함을 받아들였다고 기록된다
독한 인연이라고 할까
한번 몰아쉬었다가 내뱉은 숨처럼
바닥에 쏟아 버린 한 컵 물처럼
끈질기고 모질었다가 떨어뜨린 생 한 점이
휴지통으로 이동된다
순식간에 분필 자국이 흐릿해진다
검은 커튼이 내려오지 않았어도
행인 관객 1 2 3이 지나갔다
까르르 웃음소리도 지나갔다

## 오줌발

몽골에서의 기억은 풀독이다
아무 데나 노상 방뇨를 해야 할 때
가릴 만한 풀을 찾아 앉다가 그만
살갗의 느낌이 쿡, 아차 독풀이구나
급히 잡아 눕히다가 아차 손가락도
벌떡 일어설 수도 없고
쏘아라 쏘아 맘껏 쏘아라
사는 게 독하냐
풀, 네가 독하냐
잘린 바늘들이 몸에 박힌 듯
쿡쿡쿡쿡 종일 나를 달군다
소변을 받아 계속 적셔 줘야 한단다
어느 세월에 소변이 마려울 거며
또 어데서 옷을 내리고 발라야 할지
후덕후덕 폴딱폴딱 난감하다
네 것이 멀리 나가냐
내 것이 멀리 나가냐 하던
그들의 오줌발이라도
오! 하늘님 급해요 빨랑요

# 몽골

가도 가도 끝없는 초원엔 부드러운 능선이 산다
엄마 가슴팍이구나 다가갔는데
가까이 가면 옷깃을 여민다
깎다 만 머리 같은 풀이 듬성듬성

가도 가도 끝없는 초원엔 나무 전봇대만 산다
의지할 데 없는 바람들이 무턱대고 감긴다

가도 가도 끝없는 초원엔 그늘이 없다
이따금 구름이 몸을 넓혀 그림자를 만든다
구름 그림자를 차지하지 못하면
말들이 머리를 맞대고 제 그림자로 그늘을 만든다

아름다운 초원에 독풀이 산다
들쥐 구멍이 너덜너덜 눈에 차인다
독풀을 키우고 있어 초원이 아름다울까
들쥐를 키우고 있어 저리 자유로울까

별을 잡으러 불빛 없는 언덕에 올랐다
어둠을 잠재우고 별을 본다

휘익휘익 유성우가 떨어질 때마다
꿈이 생겨난다

게르에서 눅눅한 말 내가 난다
장작을 던지며 밤을 샌다
토닥토닥토닥
장작에서도 샛별 뜨는 소리가 난다
오래도록 별이 뒤치는 소리를 듣는다

마음속 여러 길을 없애고
천배쯤 키 발을 디뎌 올라선
구름에 손이 닿는다
바람도 구름도 하늘도 여기서는
아무것도 되고 싶은 게 없다

하늘 가까이에서 구름을 안았는데
꿈에 아버지를 만났다
돌아가실 때 미처 하지 못한 말을 했다
아버지 눈이 잠깐 빛났다 감겼다
마침내 잘 보내 드렸다

## 여우야여우야뭐하니


그녀의 전설을 기억한다

그녀의 동화를 떠올린다

그녀는 혀가 길다

그녀는 천리안이다

이어 붙인 이미지로 낯꽃이 고정되었다

언제나 맞춤형 눈웃음

그녀의 내용물은 오만 잡꿀

그녀의 말은 버튼마다 전자동 시스템

그 항아리 속에 빠지면 누구나 허우적댄다

서로 주거니 받거니 벌 떼의 침도 무력해진다

그녀는 모른 척한다

구경꾼들이 맥없이 흥겹다

극단은 늘 새로운 사람들을 입장시켜

제법 오래 상영된다

상큼달콤한 징조는 맛보기

구태의연한 거미줄로 짠 서커스에서

때 없는 붉은 달이 매일 뜬다

극적이다

**제2부** 피카소의 바다

# 가훈

바다 더미 봤다, 내 시야를 덮치는

한 방울이라도 새어 나가면 가계家計가 흔들리는
어머니의 물 항아리처럼 죽을힘으로 몸통을 끌어안는 바다

궁둥이를 움쩍거리는 일조차 아예 없다

바깥 구경을 시키려고 비늘도 없는 고래가
열 길 바다를 매달고 뛰어오르는데 미끈덩
틈 하나 내지 못하고 물 베기나 하고 만다

파란 비닐우산 하나도
당신을 위해서는 공중에 띄우는 일 없는 어머니

"부지런히 움직여라, 산호 뿌리라도 캐 먹으려면"
그 말씀밖에 모르는 목울대는 하늘에 도배해 두었다
사는 것이 신앙이다

주저앉을 듯 일어서고 깨질 듯 더 단단해지는
물방울로 빚은 질긴 물뿌리 생生

## 피카소의 바다

저 나풀거리는 물결은 파랑새야

날개와 날개가 서로를 이어 뼈 속으로 난 섬세한 길을 쪼아 먹고 있어

날 선 해일에 찢긴 몸 딱지 앉기를 얼마, 알 수 없는 풍경을 낳기 시작했지

입이 젖꼭지에 걸리고 코에 지느러미가 돋았지 눈이 사방으로 흐른 가자미들과 배꼽 띠가 삭은 삼식이가 몇 접 태어났어 징징 붓질에 가시가 돋은 오월이었어 물 위에 덩굴장미가 걸어 다녔지

몇 만의 바다꽃을 꺾은 후에라야 붓질이 둥그러졌어
순해진 숨결로 시도 때도 없이 놀이 바다의 심줄을 땋아
내려갔지

시커먼 밤을 맞이했어도
매 순간, 거짓인 적은 없었어

&gt;

아무렇게나 돋아난 눈 코 입 귀가 각각 제 식성에 맞춰
색色을 입는다는 걸 알았거든

물고기 심장이 조각조각 걸렸지 파다닥 파다닥 많은 비늘
들이 물기의 힘으로 날아다니고 있어

# 고래 심줄을 당겨 봤니 1

쫘악 사지를 벌리고 고래가 누워 있다
여기저기 칠해진 달그림자를 거둬 내고
내장까지 다 열었다 쇼크다
저게 바다구나 바다야
기억의 가장자리쯤에서 그리움을 키우던
고래를 먹으라고?
날름날름 삼키라고?
누르스름 투명한 살점이 느닷없다
혓바닥과 가슴과 꼬리를 뉘여
집채만 한 꽃자리를 폈다
질기디질기다는 심줄과 눈길을 밀고 당긴다
물갈퀴가 닳도록 줄인 언어는
혓바닥에 고여 분홍빛 서너 마디이다
수평선 너머까지 서성대던 발길이 좁혀지고 있다
꼬리에 두른 거품을 혀에 감는다
수생數生 전 함께 굴렀던 물비린내
표류하던 심줄을 배꼽에 건다
숨통이 트인다

# 고래 심줄을 당겨 봤니 2


장생포 와서 고래를 듣는다
거친 꼬리 음이 떠들썩하다
고래를 타려면 오래 눈빛을 나눈 적이 있어야 한다
살과 살을 부빈 적도 있어야 한다
태풍에 부서져도 괜찮다는 묵계가 필요하다
늘 멀리서 바라보고 돌아서던 나는
아직도 과거다
손 내밀어 악수는 할 수 있을까
식탁 위에 그의 일생이 해부되어 있다
바람으로 덧댄 계기판엔 수없이 보냈을 신호음이
너덜너덜 녹슬었다
내 항로와는 매번 어긋났던 부서진 지도들
구석구석 파동을 혀끝에 굴려 보고서야
물로 써 내려간 말이 읽힌다
나에게 시퍼런 물기둥을 건네고 싶은 것
순한 미래를 주고 싶은 것
그의 심줄을 한입 물어 내 등줄기로 옮겨 심는데
이럴 수가
내 심줄보다 연하고 부드러웠다

## 모래 나라

사막에 가자고 하고선
떠난 사람을 기다립니다
혼자서 모래 점을 치는 동안
지도가 흐릿해졌습니다
모래알이 마련해 준 거처에서
기둥을 도톰하게 세웠다 허물고
서걱 서걱거립니다
누운 자리 몸짓조차
쓰는 대로 지워지는 중입니다
모래 물결이 되고 있습니다
그의 자리에는 긴 그림자가
저 홀로 누워 있은 지 오래입니다
그가 오는 날이 언제인지
가늠할 수 없어도 이제 괜찮습니다
지난 것과 다가올 것이 미리 썩어서
다만 그를 알아볼 일이 걱정입니다
모래사막에 가자고 한 말을
심어 놓은 몇 생 동안
모래 무덤이 뜨고 지고
소소한 시민이 되어 갑니다

# 미역 잠

식당에서 덤으로 나온 투가리 속 미역은 잘려지지 않은 한 통 바다이다. 가로줄무늬이다. 또아리 튼 물결이 클로즈업된다. 짠 내를 품어 넓을 거라고 가져다 붙이지 않겠다. 서너 길 해를 업었던 가슴이라고 미화하지 않겠다. 호탕한 웃음 주름이 멋지다고 끄덕거리지 않겠다. 끓다가 튀다가 다크서클이 풀린다. 툭 뜯어진 옷고름 한 자락처럼 잘 씹히지 않는다. 곡선이 곡선을 휘감는다. 살결이 살결을 쫀득거린다. 철썩철썩 많은 영상을 꼴깍 건넌다. 잠시 혀를 감았다 떠난다. 파도 무늬 한 줄이 증발된다. 기억이 팔다리를 자른다. 목이 끄억 꺾인다. 등줄기가 주저앉는다. 거품 방울들이 흩어진다. 바탕화면에 깔았던 바다가 삭제된다.

# 바다의 주머니들

파도의 등쌀에 못 이겨
여기저기 부풀어 오른 남해의 섬들은
바다의 뒷주머니일 것이다

밀리면 밀리는 대로
떠오르면 오르는 대로 힘을 빼고 살아도
큰 숨을 뿜어 드러낼 때가 있다

# 헐거운 잠

조개 한 바가지를 사서 까만 봉지에 집어넣자마자 어린
몸의 화들짝 청천벽력이 오싹 느껴진다 눈앞에 있던 것이
깜빡하는 순간 칠흑이다 들이닥친 숨결이 더 검고 높아진다

움찔하는 순간, 생生이 짧아진다
남은 시간 동안 오만 정리를 해야 한다
쥐나 새나 아는 벌건 대낮에
눈 뜨고 먹혀 버린다는 그것이구나

이렇게 왜소하고 예쁜 것도 아닌데 하필 나야
사는 것도 꿈같았는데 죽는 것도 꿈같다

피익, 피익, 봉지 속 숨줄이 들썩들썩하다 잠잠해진다

이제 죽음 따윈 무섭지 않겠다
아프지도 무서울 새도 없이 한순간 오는 거
팔팔 살았으므로 팔팔 잠들기로 한다

## 아득하다, 등꽃

그 등꽃 아래서 나눈
종이컵 커피 한 잔이 참 따뜻도 하여
등꽃은 나에게 아늑한 이미지를 갖게 되었다

때마침 등꽃 지붕은 내 상태처럼
비틀린 모판 같았거든
넌출넌출 독이란 독이 꽃처럼 매달려 있었지

때로 생이 얽히고 꼬인다고 암담해하였으나
누군가는 휘어진 쪽을 찾아 휘어 오고
부서진 다리에라도
서로 다리를 얹고 싶어 하는 걸
어우렁더우렁 알아차렸다

날 파먹어 파먹어
새 벌 나비에게 꿀을 다 바치고서야
파릇파릇 새살이 비치는

하아, 이것을 한량없는 평화라고 해야 하나

희열이라고 해야 하나

오월이었지

전어

그녀가 돌아왔어요
'어디서나 빛나게 살아라'는 가훈을 이어받은
작은 거인이 돌아왔어요

참 오랜만에
석쇠에 가지런하게 눕혀 놓고는
손가락 발가락 다 가린 작은 몸을 뒤적였어요
달아오르라고 맘껏 달아오르라고
불을 확 질렀는데
불구덩이 속에서도
점점 작아지고 하얘지는 나를 보며
당신은 전어밖에 할 것이 없다고
쓸쓸한 깻잎 한 장 얹어 주었지요
깻잎 한 장으로 덮어질 이력이 아니었어요
깻잎을 입은 그녀가 소리 소문 없이 날아가곤 했죠

그녀가 돌아오자
어둠이 더 까맣게 빛났어요
그나마 가릴 것 적은 시월이었지만
귀엣말까지 지워 가는 것 같았어요

그녀는 한 시절을 독점하게 되었죠

전설이 됐어요

# 심포나 갈래

가슴 판을 늘리려면 만경 들판 정도는 자주 건너 봐야 한다
들판이 텅 비고 새 떼 날아다닐 때라야 더 훌렁하다
보리밭 도랑을 걸을 때처럼만 두근대며
때 없이 피는 코스모스에게
그립지 않았다고 잊었다고 우긴다
추억이 있어야 가는 곳이 되어 버린 전망대 밥집에 들러
너른 창 옆에 앉아 비린내와 아는 척하고
국밥 한 그릇도 쓸쓸하여 더 맛이 나거든
돌아오는 길에
앞이 안 보이게 비까지 내려 주면 더할 나위 없다
갓길에 차를 대고 멈추다 오다
풀잎 씻기는 소리를 받아 적던 길
누군가 내게 심포나 갈래 물으면
슬그머니 혼자 가 보는 곳이다

# 해당화

신께서 눈부신 꽃에는 가시를 걸치라 했나 봐요
가시 옷을 입고 도시로 간 장미가 있지요
난 바닷가에 살기로 했던 걸까요
다행히 파도가 밤낮없이 웃어 주고
바람은 늘 만선이어서요
비린내 짠 내 뒤집어쓰면서도
진분홍 사랑을 피웠어요
한 칸이지만 옹골진 방도 얻었고요
감빛 물집들이 더렁더렁 태어나기도 했어요
이만하면 커다란 복이지요
어디나 발 딛어 뿌리내리면 살 만하다고
내 얼굴에 씌게 됐나 봐요
바다 한쪽에 이름을 올리게 됐어요
겉은 사나워도 애인 있어요

## 바람 끝

무에 바람 들었다
몇 겹 신문지 옷을 입혔는데도
몸속 열병을 바람에게 들켰다
꽃부터 피워 버렸다
이것도 꽃이라고 눈길이 쏠린다
바람 안 타는 게 오히려 장애라더니
한입 베어 무는데 질경 바람에 이가 빠진다
칼로 바람을 가르려 하지만 질기다
상관없다
바람에 맞설 일 아니다
몸 다 까먹고 껍데기만 주인인 무는
무無 맛이라는 걸 빤히 알면서도 바람 앞에 선다
죽어 처박혀도 좋아 잠깐 겁 없다
방 다 내어 주고
저를 내몰고 나서야 끝이 난다
초록 치마 차림을 원했던 걸까
헛바람이 빠닥빠닥 꽃을 우긴다

# 남자라는 이름의 절

황색 신호가 깜박이는 상태였죠
곁에서 쓸쓸한 냄새가 풍겨 왔어요
시선을 끌어 손이나 잡아 주기로 했죠
마침 신호가 바뀌어서
서슴없이 건너야 했어요
머뭇거릴 상황이 아니었어요
4차선이 그렇게 멀 줄을 그땐 몰랐죠
수많은 사람이 살아 낸 길이라는 걸
나중에야 알았죠 내가 필요하다는데
함께하는 게 덕인 줄 알았어요
색다른 감정들이 놀아날 집이 생겼죠
모든 감정이 동원되는 게 아니고
사랑 아니면 미움 둘만 살더군요
그가 내게는 없는
수염을 달고 있어서 궁금했죠
생각해 보면 별을 좋아한 게 탈이었죠
맨 처음 눈에서 빛나는 게 있긴 있었죠
사람들이 말해 줬죠
그건 별이 아니고 콩깍지야

# 섬


나의 시조는 발자국

모래밭에서 잠깐 흘러 다니려 했는데

살다 보니 떠밀려 자랐네

발자국이 발자국을 당겨서

잡젓 항아리 오지랖 뚜껑이 되었네

# 머물다

장미 생꽃잎 한 상자를 선물 받았다
욕탕에 수북 풀었다
영화에서 본 한 장면처럼 들어앉았다
잠깐의 카타르시스
한 번 쓰고 버리자니 아까웠다
다음 날도 장미꽃 속에 빠졌다
꽃 속에 숨었던 독이 물을 건너왔다
그간 마셨던 장미 향이 감자알처럼 딸려 나왔다
화상花傷을 입었다
꽃잎이 둥둥 떠나가고
가시가 바싹 따라붙었다
'나를 잊지 마'
향기에 팔려 또 가시를 깜빡했다
몸에 열꽃이 피어나기 시작했다
더 지독하게 앓고 싶었던 날들이
신나게 돋아났다
수십 년 따라다녔던 달콤한 목소리보다
더 치명적이었다
꽃잎에 다시 갇혔다

# 붉은 우체통

아, 심장이야, 가을이 몇 번 가고 엽서를 다 뜯어 먹은 지가 언젠데 아직 뜨끈뜨끈해. 그 속은 광야, 그 속은 심해. 라면 두 상자 분량의 고린도전서 13장을 받아먹었는데

끝내 사랑 타령을 하고 있어. 엽서에 수염이 길게 자랐어. 선풍기가 고장 난 커피숍에 앉아 비지땀 흘리며 눈을 맞추던, 기억아. 이젠 좀 죽어라 죽어, 그 술집은 불을 끌 줄을 몰라, 우리가 통째로 샀던 저녁 불빛이 그대로 있어. 고흐의 그림처럼 오래도록 심장에 걸려 있어.

불이야, 불 꺼지지 않는 불이야. 폭풍이 대못을 치고. 어서 백발이 되라고, 타 죽으라고 기름종이에 편지를 썼어. 잠깐 세상에 노랑 잎이 졌지.

더 붉어진 우체통은 가끔 벌떡벌떡 솟다가 뚝, 뚝 숨이 끊기지만 영 비우지는 않아. 차곡차곡 쌓기만 해. 이건 질긴 변비다. 왜 창창 살아나는 거야? 알츠하이머! 알츠하이머! 나 좀 도와 줘. 기억을 지워 줘.

# 칠흑의 명도

부안 해창 물굽이 돌아 돌아 어둠이 몰려 있는 모퉁이에 폐선이 웅크리고 있었다 오색 깃발을 내걸고 무당집을 차리고 있었다

바다는 달을 데리고 비린 몸 씻으러 간 것인지 폐선에 걸린 깃발만 윙윙 더 깊게 밤을 팠다 쉬잇 칠흑의 숨을 닫았다

어둠 속에서 굴착기에 몸을 맡긴 덩치 큰 산이 맥없이 새만금에 드러눕는 걸 봤다 산더미만 한 외로움을 지운다는 것이 그만 뭉그적뭉그적 갯벌의 속사정까지 엉겨 붙어 더 깜깜해지는 것이었다

깃발마다 지느러미 터는 소리가 요란했다
바다의 혼령들을 잠재우고
부적도 점괘도 접어 버린 마을이 소리 소문 없이 굶어져 갔다

**제3부**  구두별자리

# 은중경恩重經

완산칠봉 꽃동산에 가자기에 시큰둥 따라나섰더니
주렁주렁 불을 붙인 왕벚 연등이 골골마다 메우고 있다
사람구름꽃 둥둥둥둥 떠다닌다

사십여 년 전 부모님 무덤 앞에 올렸다는
큰절 한 그루가 번져 날아다닌다, 꽃잎경

# 구두별자리

구두를 두고 가셨네

아버지 보내 드리고 돌아와 보니
살갗이 다 튼 구두 한 켤레 여전히 현관을 지키고 있었다

못 가실까 봐 발 시릴까 봐 부랴부랴 산소에 가서 불을
붙였다 걸을 때마다 허리뼈까지 당기던 발등의 실핏줄들이
죽죽 푸른 선을 긋고 날아갔으나

도루코 칼로 다듬던 발톱 자리와
여러 갈래 길이 난 발뒤꿈치 자리가 오그라들며
우둘투둘 새 별자리를 만들어 갔다

새벽 너머까지 뛰어다니던 아버지의 빠른 행보는
검은 도넛 모양이 되었다
두고두고 자식들이 먹을 먹거리인 듯
쉽게 지워지지 않아
아무도 빗자루로 쓸어 내지 못한다

유훈遺訓이 된 불씨를 별빛처럼 모셔 왔다

# 옥수수 껍질을 벗기며

옥수수 껍질을 벗기는데
울컥, 영락없이 아버지를 감쌌던 수의다
버스럭버스럭 아직 빳빳하다
덥수룩한 머리칼에 실바람이 촉촉하다
아니 아 버 지
여태 여기 계셨어요
푹 삶아 낱낱이 발라 먹고 뜯어 먹고도
무얼 더 빼 먹을 게 있다고
못 가시게 붙들고 있었나
"그래도 제 이빨이 좋은 거여" 손사래를 치시어
모른 척 금니 하나 끼워 드리지 못했다
태워 가는 일이 사는 일이라 하시며
부서진 이를 빼내고
꾹 눌러 두신 불뚝심지를 꺼낸다
타다 만 불씨도 없이 흐옇다
제발 나에게서 도망치세요 아버지
억지로 밀어 넣는다
이제야 내게서 안녕

# 바이올렛꽃

이 녀석은 연한 살갗에 털이 보송보송
돌쟁이 살결입니다

사철 피고 지는 꽃이라고 엄마가 제일 좋아합니다

볕이 따가워도 금방 데이고

물이 닿으면 생채기가 나는 이 녀석은

몸속에 터 잡은 무지개 기류 중 가장 꼭대기 보라입니다

정수리에 천 송이쯤 번지게 하고 싶은

환희의 비밀번호입니다

# 할미꽃

여전히 보숭보숭한 할머니
지팡이처럼 굽어서도
꽃으로 피어나는 할머니
놀랍다
산등성이에서 손자를 기다리던 할머니가
목을 쑥 빼 밀고
굽은 등을 쭈욱 펴고
풀쩍 나는 것을 보았다
막판에 키가 몇 뼘인가 올라섰다
모양새 따윈 망가져도 좋아
숙이고 굽실거려
휘어진 힘
쫘악 펴진 주름이
햇빛의 손바닥을 쳤다

# 내림

세상에 변하지 않는 게 있죠
엄마의 하루 코스예요
마늘 더미 쌓아 놓고 까는 거
멸치 서너 상자 똥 발라내는 거
분리수거 안 한 사람 있나 살피는 거
온 동네가 다 내 땅인 듯 오지랖이죠
다 손질한 거 사 먹는 나는
"일 좀 놓으세요 다음에 소로 태어날 거유?"
헛소리를 해요
저 앞에 가는 저 분이
엄마가 아닐까 또 엄마겠죠
분가루 대신 땀 칠을 하고
팔랑개비처럼 시장 골목을 돌아가고 있어요
오늘은 또 무얼 찾아 나섰는지 궁금하지도 않아요
오 척 단구가 바닥으로 바닥으로 내려앉아요
엄마의 발목은 땅에 잠기고
옷깃만 가끔 나풀거려요
엄마는 일찌감치 신이 내린 거예요
구경꾼도 없이 혼자서 굿을 해요
살림의 신을 받지 않으려고 나는

모른 척 살그머니 돌아서요

휘이휘이 주변을 탈탈 털어 내요

엄마와의 거리를 서너 생生 쭈욱 벌려요

# 어르신

금산 보석사 은행나무를 몇 번째 만나고 왔지요, 이 가지 저 가지 자손들을 이어 보니 천백 살 가까이 먹었다 해요. 여러 명이 손을 뻗어 둘러야 그 품을 헤아릴 거 같았어요.

키를 눕혀 사방팔방 십육 방으로 원을 그려 보았지요.

한때는 아장아장 걷는 아이였겠지요. 냇가에 나가 빨래도 했을 테고 빡빡 머리 밀고 군대도 다녀왔을 거예요. 새 떼랑 짐승들과 떠들썩 숲을 키운 적도 많을 테고 당신 무릎은 천둥 번개를 덧댄 흉터투성이예요.

대대로 물려 온 집안 빚도 다 갚았고 이제 자신에게 잘했다 박수 칠 차례가 되었네요.

애쓰셨어요
고생하셨어요

많은 조상들이 벗들이 박수를 보내요, 남을 위해 내내 쳤던 박수, 이제야 당신을 위해 빛나기 시작해서 영 늙을 수가 없을 거예요.

# 목포집

골목 언저리에 들어서자마자
홍어 삭은 냄새가 진동한다
이 냄새 때문에 동네 집값이 떨어졌다고
담벼락에 순하게 분필로 몇 자 쓴 흔적이
얼마 후 착하게 지워졌다
목포집 아줌마는 유명하다
빨강 장화에 떡 벌어진 어깨는
껍질을 벗기는 데 그만이다
물속에서 연실을 당기던 솜씨로
가오리 날갯죽지 벗기는 것은
식은 죽 먹기다
홍어 썩어 나간 속을 누가 알아
흙이란 흙을 다 헤집어 본 돼지는
바다 맛은 어떨까
바다 맛은 어떨까
홍어 등짝에 눌어붙어 헛꿈을 꾼다
아줌마가 김치 치마폭을 활짝 들추더니
에라 에라 뒤집어씌워 주었다
합방까지가 아줌마 일
삼합에 든다

# 항아리

어린 날 항아리 속에서 나를 만났네

마당에 항아리를 두는 것은
빗물을 받아 간간이 나를 들여다보는 뜻도 있거니와

뚜껑에 쌓인 눈을 보니 반갑네

선산의 잊힌 묘지에도 허물어진 지붕을 이었겠네

가릴 게 많은 나와
소란한 계절도 조금 덮을 듯하여 다행이네

마당에 항아리 하나쯤 두는 것은
나그네들의 거처가 되기도 하거니와

단지 속에 담긴 벗들을 만나
벌레랑 풀뿌리랑 가족이 될 때를 가끔 상상한다네

# 날개

황금 독수리 등에 업혀 날았어요
지구를 몇 바퀴 돌다니 꿈이라고 생각할 수 있죠
깃털의 힘으로 말이죠
아무것도 애쓴 게 없고
남의 등에 기대 날았는데
날갯죽지가 떨어져 나갈 듯 욱신거리는데 말이죠

박제된 나비
휘황찬란한 날개를 현미경으로 들여다보는 중이에요
홑겹의 막 위에 가루가 풀풀 얹혀 있어요
바람의 숨결이 내려앉았어요
푸드득 물기 터는 소리도 입고 있었죠
손끝이 닿기만 했는데 번개가 됐어요
날개가 무너졌어요
풀풀 날리는 가루가 성을 쌓고 있을 줄이야
그 힘으로 날 줄이야
욕망의 두께를 두드려 본 적 있나요
유리 상자 속에 키워 본 적이 있나요
내가 쫓고 있는 세계가
먼지로 만든 성이지 뭐예요

# 한벽루 오모가리탕


한 가닥 뿌리 내린
시래기 속 질긴 심지도
오모가리 속에 멱 감듯 들어앉아
오글오글 바글바글
다비를 마치면
달빛같이 순해지지
피라미 생각쯤이야 전주 천 초록에
냉큼 녹아내리고 말지

# 수도골목 이야기 1960

시립도서관 자리는
물을 정화하여 내보내는 정수장이 있던 터였다
정수장에서 흘러내린 물로 옴팍한 웅덩이가 생겼다
얼굴을 묻고 후루룩 마시고 싶은 물
사람들이 물을 퍼 날라 쓰고
간간이 빨래를 하기도 했고
밤이면 그곳에서 멱을 감았다
달도 조심조심 살펴 뜨던 수도골목
간혹 즐거운 비명 소리와 낄낄대는 소리가 들렸다
경사진 길에서 겨울이면 아이들이 썰매를 탔다
쌔앵 대나무로 엮은 썰매는 잘도 내려갔다
까마득한 전설 같은 유년 한 토막은
어쩌다 수도골목보다 더 깊은 산속에 칩거한
아버지 인생 한쪽에 묻어
가끔 별이 타는 소리를 냈다

# 전주 장 구경 1970


시오 리 길 걸며 쉬며 장 보러 간다
낡은 갓 꿰매 쓰고 곰방대 옆에 차고
싸전다리 우로 하고 초록바위를 지난다
알록달록 갓길에 나앉은 산의 것, 들의 것
사과 궤짝 위 해삼에 군침을 삼키며
몸 납작 눌러 시장통으로 들어선다
하나씩 뜯어 먹은 만물상 오징어는 다리가 아홉 개
한 장씩 몰래 빼 먹은 김은 세고 또 세어도 아흔아홉 장
막내딸 년 코빼기 신도 사야는디
큰아들 놈 잡기장도 사야는디
에라 막걸리나 한잔 걸쳐 보자
코가 삐뚤어져
국밥을 먹을까 국시를 말까 궁리도 전에
주모 맘대로 국밥이로구나
곰방대 물고 어슬렁 저슬렁
떨이 사과 흘리며 인절미 떡집 지나간다
홍어 한 마리에 수십 마리 파리가 덤이지만 그림의 떡이로다
포목전 지나갈 땐 눈 감고 귀 닫고
비단은 무슨 비단
에라 에라 내 팔자야

되야지비계 두어 근 끊어 가자
물 한 솥에 묵은지 숭덩숭덩 썰어
배 터지게 퍼먹어나 보자
흔들흔들 건들건들 집으로 돌아간다
아구야 사까리 까먹었다 사까리
아구야 내 부채, 부채는 어따 뒀노
허허 참, 허허 참

## 전주성城

여그는 백제 때부터 지금까지 민낯 그대로여라
집 나갔다 몇백 년 지나 돌아와도
오메 모다들 알아보겠어라
창포꽃도 덕진연못도 지멋대로 자라지 않어라
참 요상시럽지라
지친다 싶으면 솔고시 여그로 오게 되는디요
여그만 오면 고민이 뭣이였는지 몽땅 까먹지라
주머니가 탈탈 비어도 괘얀코요
숨겨 둔 곰보 애인맹키로
막걸리 주전자가 삼삼혀서 근질근질하당께요
참 별시럽지라

74

# 전주비빔밥

한여름 쪽마루에 앉아
맨밥에 고추장 넣고 버무린 비빔밥은
마냥 군침이 돌았다
사기그릇에 맹물 한 대접도
저절로 따라온다
예로부터 전주비빔밥은
오직 젓가락으로 비비라 했다
나락 냄새와 오방색을 살살 받들면
서로에게 윤기가 난다
왼손과 오른손
동서남북 기운이 하나로 어우러져
온전한 비빔밥이 된다
잘 섞는다는 것은
내 빛깔을 걸러서
상대가 피어나도록 곁을 내어 주는 것
서로 부대끼는 동안 두루두루
매끄러운 참기름을 둘러 주는 것이다
내 것도 한 술 떠 보시게
한 그릇에 옹기종기 모여
쩝쩝 들어붙는 것이다

제4부  소록도의 봄

# 1월

달의 옆선이 바람에 깎였다
달걀형이다

바람의 살집도 뼈만 남아
코트 자락이 헛돈다

네가 빠져나간
갈빗대 사이를 달 부스러기가 채운다

# 2월

흐릿하다

가라앉는다

꼬깃꼬깃 나뭇가지들 웅크린 공원

볕을 챙겨 먹고

뱃구레 늘어진 구름 아래

손바닥에 볕 고물이라도 받을까

새가 총총댄다

무소식만 쌓이고 있는 의자

2월의 옷자락답게 무표정이다

아직도 세상을 구할 일이 있다는 건가

마른 주먹을 날리는 나무수국은

새들과의 수평을 쥐락펴락

날개를 열다 얼어붙은 청매

흡, 2月의 질서가

정수리까지 숨을 삼킨 채

내부를 팽창하고 있는 중이다

웃으며 죽겠다는 엄마처럼

발아래 밑동이 와자하다

# 소록도의 봄

토독, 터지는 첫 매화
소록도에서 보고 나서
생꽃 따서 매화차 우리지 않겠다고 맘먹었다
하동 매화마을에 달려가지도 않을란다
뜨건 짐 풀풀 내며
진달래가 피거나 말거나
이제 그다지 서럽지 않다
서럽지 않아 하면서 기어이
몸 한쪽이 기운다
찬 기운을 헤집으며
사람들도 검은 봉지를 들고
무엇인가에 쏠려 있다
뿌리까지 털어 담은 봄볕의 봉지 안에
생기生氣를 다 뒤진 흙손으로
쌉싸름한 약방문이 담겼다
겨울잠을 뜯어 모은
쑥 머위 씀바귀

# 민들레

민들레가 씨익 웃어서 따라갔더니
그 가족들이 온 마을에 다닥다닥 살고 있었다

오래 잊은 내 머리핀 같기도 하고
두 살배기 똥같이 순하기도 했다

아이가 귀한 나라에
몇 무더기 아이들이 크게 눈을 뜨고 있었다

# 둥글다에 대한 오해

수박 한 덩이 골라 주세요 하면
남자건 여자건 툭 툭 철퍼덕
그녀 궁댕이를 두드려댄다
소리가 잘 나고 매끈매끈 도드라진 것이
속도 꽉 차서 아삭아삭 녹을 거라고
야릇한 웃음을 흘리며 쓰윽쓱 만진다
저 정도 궁댕이면
새끼야 수도 없이 낳았을 테고
뭇 사내들 군침도 많이 흘렸을 터이다
튼튼하고 펑퍼짐한 궁댕이를 요리조리 굴려 본다
밑구녕이 누렇게 열창을 맞았다
그러고도 속없이 탱탱한 것이
아무 때고 쩌억 벌어질 기세다
탯줄인 듯
자식인 듯
꽁꽁 잡아매고 있는 계보도가
가세를 드러낸다

# 무르익다, 여름

1

다닥다닥 붙어 서로 밀어대는 상추를 솎았다
오이를 땄다
고추를 땄다
상이 흙냄새로 꽉 찼다
느즈막하게 몇 알 연 물앵두는 후식이다
입에 집어넣다 보니 몇 알밖에 안 남았다
그거라도 명순 언니 주려고 남겼다
드세던 소쿠리가 후줄근 순해졌다

2

낮에 메밀소바를 먹었다
저녁에도 소바를 먹었다

소낙비가 퍽퍽 뿌렸다
풀벌레 소리가 빗줄기 사이로 기어들었다
바람이 빗줄기를 자꾸 후려쳤다
달에 금이 갔다
구름이 제 옷자락으로 덮어 버렸다

\>

천둥 번개를 베고
사람들이 마룻바닥에 쪼그리고 누웠다

바짓가랑이로 빗물이 눅눅 자리를 폈다

# 조각자나무

예수를 만났어
수목원 귀퉁이에서
온몸에 가시를 두른 채
피를 흘리는

아무도 알아채지 못했지
가시를 둘렀다고 해서 다 예수냐고
당신은 고개를 절레절레 저을 거야
그래 맞아
부처가 가시관을 쓰고 나타날 수도 있지
예수가 맨발로 자갈밭을 걸을 수도 있지
아니 양복에 힐을 신고 있는 지도 몰라

그게 무엇이든
보이는 것도
보이지 않는 것도
당신은 다 믿지 않아

당신은 아무것도 못 믿는 시대에서
자신의 생각만을 신神으로 모시고 살지

&gt;

그래 맞아

내 생각의 신神도 귀띔해 줬지

저 조각자나무가 예수라고

오죽烏竹


통 넓은 청대밭 속에서

새까만 속을 뿜어낸

비비 마른 선비를 만났다

이상형이다

허락도 없이 오라버니 삼았다

대뜸

가족증명확인원에 올리기로 한다

# 호박가스나

두루뭉술한 그 가스나 시궁창 옆이든 뒷간 둘레든 태어난 곳 탓하지 않고 먹는 거 입는 거 탓하지 않고 잘도 크네. 수박이나 참외 곁에서 너 잘났네 나 못났네 비교하지 않고 쑥쑥 크네. 조선 팔도 잘난 거만 모인다는 백화점 한복판에 나가 자리를 잡더니만 어디 하나 꿀릴 것 없이 의기양양 배짱 두둑 거창한 상들리에도 잘 견디네. 상경한 지 겨우 며칠 만에 빤질한 화상들 다 제치고 그럴싸한 주인 만나 신세 훤해지네. 상팔자 타고난 가스나. 부모 탓 남 탓 안 하는 물 같은 가스나. 어디 하나 버릴 곳 없는 호박가스나.

# 물 먹는 하마

복수腹水 가득 찬 하마가 쓰레기통 속에 꼬꾸라져 있다
사촌들인지 모양새가 비슷하다
빨강 고무장갑이 수거함에 처박힌 하마들을 정리한다
이놈들은 미리 다 게우고 왔네
샅샅이 뒤지다 뒤통수를 내리친다
컥 남은 오물을 토해 낸다
뱃구레도 작고만 뭘 처먹겠다고 잠입을 해 허기는
털어서 먼지 안 나는 놈 어딨어요 이게 전부라구요
혼자 한 짓이라니까요
어느 집이나 하마 한 마리씩 키우는 건 다 알아 임마

새끼 하마를 분양받아 그 집 장롱 속에 침투시켰다
양복 주머니랑 베갯머리 눅눅한 낌새를
개구리가 벌레 채듯 낚는다 해서 시도한 것이다
하마에게는 물관이 있다
곰팡이 좀벌레 박쥐 아지트까지 매설되었다
신속하게 끝내야 할 텐데 하필 계속 폭염이다
이러다간 결정적 악취를 뽑아내지 못한다
어린놈을 보냈더니 쉽게 쫓겨났다
물만 먹었다

# 시월

1

기차가 멈추었다
빼액빼액 쌓여 있던 구월의 바람까지 내렸다

벤치 위 낙엽 몇이 차표를 버리고 달아났다

어디도 가지 않고 무얼 기다릴 것도 없이
내린 바람을 걸치면 된다

2

다음 기차가 또 멈추었다

실바람 살포시 깔린
더럽게 깨끗한 하늘로 가는 열차

파랑이 앗아간 가슴팍에도 바람이 꽉 찼다
나 죽겠다
그만 쳐다보기로 한다, 하늘

은행잎 제祭

은행나무에 비가 다녀간 뒤
천둥 번개가 나무의 몸을 휘돌아 나온 뒤
왈칵! 물이 들고

못 잊어 비가 다시 다녀 돌아간 뒤
바람이 여러 차례 몸을 되작거린 뒤
여남은 바람으로 후둑후둑 습기를 떨어 버리고

뎅그렁 뎅그렁 십일월 가락을 따라
노작노작 건너가는 노란 바람 떼

# 은사시나무


잘 다려진 옥양목, 한지 속치마, 풀의 내장, 새의 실핏줄,
사슴의 목 너머로 보이는 건반 위 하얀 손가락

작은 잎에 몰려간 바람, 파고 없는 빛 물결
아이들 발자국에 담긴 웃음

겨울 산비늘
예배당 은종 소리, 크리스마스카드 속

폭설


미쳤어
널 향한 눈길이 만 리 밖까지 떠내려가서
보리밭에서 나뒹굴던 바람 끝에나 매달리고 있을 때

도시의 불빛들을 하나, 둘 소등하며
양 떼들이 달려오는 밤이 있다

잘게 잘게 부수는 웃음인 듯
둘둘 말린 계절인 듯
첩첩 밀려오는 밤이 있다

나는 그만 두툼한 밤을 덮고 납작해진다

해 설

# 따듯하게 생을 응시하는 창窓으로서의 서정시

유성호(문학평론가, 한양대학교 국문과 교수)

## 1. 지성적 탐구열과 정서적 충일감

송희 시인의 시는 개성적인 사유와 감각을 통해 세상을 투명하게 바라보고 재현하는 서정적 창窓으로 성큼 다가온다. 시인은 그 창을 통해 생의 가장 깊은 수심으로 내려가 내면 가득히 담긴 울음소리를 듣기도 하고 가장 높은 곳으로 도약하여 주변의 타자들을 온기 있게 살피기도 한다. 이 모든 것은 삶의 가장 구체적인 시공간을 깊고 아스라한 시선으로 바라보려는 그녀만의 독법讀法이 관철된 결과일 것이다. 아닌 게 아니라 시인은 자신의 내면에 감추어진 삶의 보편적 이치를 수습해 내는 노력과 함께 일종의 서사적 계기에 대한 남다른 관찰을 통해 한 시대의 보편적 흐름에 대한 표현을 잊지 않는다. 이렇게 그녀의 관찰과 표현은 폭넓은 패러다임을 형성하면서 자신만의 서정성을 심화하고 확산해 간다. 이 가운데 특별히 삶 곳곳에 편재하는 혹독한 조건을 포용하고 수납해 가는 모습은 그녀의 시로 하여금 따뜻하게 생을 응시하는 차원으로 흰칠하게 등극하도록 도와준다. 결국 우리는 송희 시인의 시를 통해 서정시가 세계에 대한 지성적 탐구열과 그것을 따뜻하게 감싸 안는 정서적 충일감을 동시에 선사하는 장르임을 경험하는 뜻깊은 시간을 가지게 될 것이다.


## 2. 아름다운 이미지 발견을 통해 이루어 가는 '시적인 것'

먼저 송희 시인이 보여 주는 미학적 장치 가운데 우리는 그녀의 선명하고도 다양한 이미지를 떠올릴 수 있다. 물을 것도 없이, 그것은 서정시가 구현하는 '시적인 것'의 함의를 풍요롭게 만들려는 불가피한 방법이자, 세계와 내면의 유비적類比的 관계를 표현하려는 필연적 과정이기도 하다. 많은 이들은 한 편의 서정시 속에 담긴 뛰어난 이미지들을 통해 하나의 소우주를 각각 경험하면서 자신의 육체 속에 빛나는 경험 하나를 각인하게 된다. 특별히 한 편의 서정시 안에 담긴 이미지군群은 대상 자체의 정보나 주체의 신념으로 마련되는 것이 아니라 세계와 내면이 유추적 상황을 필요로 할 때 신생하는 것이다. 그것은 세계와 내면이 만나는 어떤 정황(context)을 언어적으로 형상화한 하나의 구성물이고, 세계의 재현과 내면의 해석안眼이 함께 그 안에서 농울치고 있는 것이다. 이때 '시적인 것'은 대상을 주체의 내면에 실어 서정적으로 표출하면서 일정하게 대상이 품고 있는 상像을 재현하는 데 중요한 근간 역할을 하게 된다. 다음 작품을 먼저 읽어 보자.

별 하나가 툭 떨어져 연못에 빠졌지

아무도 엿보지 못한 물 밑

거기도 하늘이 한 세상 자라고 있었지

나도 하늘이야

서슴없이 구름의 키가 쑥쑥 자랐지

꽃잎을 열면 어린 별들이 촘촘촘 잠들어 있지

아무리 꽃바람으로 흔들어도 쌕쌕 별 냄새가 났지

연지문 열어 하늘을 만진 사람은

흙탕물 속도 뛰어들 수 있다는 거지

―「연蓮」 전문

이 작품은 '연꽃'의 외관과 생태를 원용하여 삶의 숨겨진 리듬과 이치를 은유하고 있다. 가령 시인은 연꽃을 두고 별 하나가 연못에 떨어져 물 밑에서 "하늘이 한 세상" 자라는 세계를 이룬 결과라고 노래한다. 아무도 보거나 듣지 못한 그 세상은 연꽃으로 하여금 "나도 하늘이야"라고 서슴없이 말할 수 있게끔 해 주고 구름의 키도 쑥쑥 자라게끔 해 준다. 이러한 '연꽃=천체(하늘, 구름, 별)'의 등식은 이제 꽃잎을 열면 그 안에 "어린 별들이 촘촘촘 잠들어" 있는 상황으로 이어져 간다. 시인은 바람이 흔들 때 별 향기를 느끼고 연지문을 열면 하늘을 만진 사람이 스스로 연꽃이 되어 흙탕물 속으로도 뛰어드는 연쇄 작용까지 환하게 상상하게 된다. '연蓮'의 음상音相이 '연蓮못'과 '연지문蓮池門'으로 이어져 간 결과일 것이다. 그렇게 연꽃은 "정수리에 천 송이쯤 번지게 하고 싶은"(「바이올렛꽃」) 마음으로 하나둘씩 새로운 이미지로 펼쳐져 간다. 다음은 '연두' 이미지다.

> 겨울 뒤꼭지에 매달렸던 호기심이 풀풀 날려서
> 매번 버선발로 뛰어나가죠
>
> 나무가 사열하고 있는 길을 지나고 있어요
> 실바람 톱날이 연두 가장자리 얼룩을 쳐내는 중이죠
>
> 잘라도 잘라도 밀고 나오는 손톱을 연두라 부를까요
> 아이처럼 막 떠진 눈동자를 연두라 불러야 할까요
> 처음 먹어 본 찔레 순의 속살도 연두라 할 거예요
>
> 연두는 낡아도 연두거든요
>
> ─「연두」 전문

겨울 뒤꼭지에 매달려 있던 연둣빛 호기심이 풀려나오면서 새로운 봄을 불러내는 순간을 담은 시편이다. 매번 버선발로 뛰어나가는 시인의 벅찬 마음은 "연두 가장자리 얼룩을 쳐내는" 시간 동안 밀고 나온 손톱을 '연두'라고 부르고 싶어진다. 봄날 아이들처럼 열린 눈동자 또한 자연스럽게 '연두'라 칭해진다. 그렇게 시인으로서는 처음 먹어 본 찔레순 속살처럼 연두가 부드럽고 아름답게 다가오는 순간을 맞이한다. 온통 연두로 가득한 말과 마음속으로 "아이들 발자국에 담긴 웃음"(「은사시나무」)도 흐르고 있을 것이다.

　이처럼 송희 시인은 '연꽃/연두'의 아름다운 이미지들을 생성시키면서, 한껏 침묵으로부터 길어 올려진 언어를 통해 자신의 미학을 이루어 간다. 원래 침묵의 언어는 서정시가 지향하는 본래의 언어라고 할 수 있는데, 송희 시인은 장광설이나 불투명한 언어보다는 투명하고 새로운 이미지를 통해 비가시적인 신성神聖의 소리까지 채집하고 있는 것이다. 이때 언어는 한 사람의 영혼을 바닥으로부터 표상하는 매재媒材가 될 뿐만 아니라 그것 자체이기도 한데, 이는 또한 인간 언어의 근본적 한계를 자각한 시인의 근원적 예지를 암시해 주기도 한다. '연꽃/연두'를 마주하면서 세계와 내면이 만나는 하나의 정황을 언어적으로 재구성한 아름다운 순간들이 거기 숨겨져 있는 것이다.

## 3. 감각의 희열을 통한 회귀성의 탐색과 열망

다음으로 송희 시인이 구축해 가는 음역音域에는 그녀만
의 고유한 감각의 희열이 들어 있다. 모든 감각은 삶과 사
물에 대한 재현에만 기여하는 것이 아니라 발화자의 현재
욕망을 간접적으로 알려 주는 구체적 표지標識이기도 하다.
그 점에서 송희 시인이 선택하고 구성해 가는 감각의 형식
은 시인의 현재 욕망과 고스란히 닮아 있게 된다. 곧 시인은
지난날들을 일일이 호명하면서 기억의 힘을 통해 새로운 세
계로 나아가려는 의지를 구체적 상관물을 통해 감각적으로
표현하고 있다. 이러한 과정을 근원적 기억의 터치로 보여
주는 시인의 언어는 그럼으로써 시간의 가혹한 무게를 견디
면서 우리의 기억을 신명하게 부조浮彫하게끔 해 주고 있다
할 것이다. 다음 시편에서 재현되고 생성되는 감각의 순도
를 흔연하게 만나 보도록 하자.

> 한여름 쪽마루에 앉아
> 맨밥에 고추장 넣고 버무린 비빔밥은
> 마냥 군침이 돌았다
> 사기그릇에 맹물 한 대접도
> 저절로 따라온다
> 예로부터 전주비빔밥은
> 오직 젓가락으로 비비라 했다
> 나락 냄새와 오방색을 살살 받들면

서로에게 윤기가 난다
왼손과 오른손
동서남북 기운이 하나로 어우러져
온전한 비빔밥이 된다
잘 섞는다는 것은
내 빛깔을 걸러서
상대가 피어나도록 곁을 내어 주는 것
서로 부대끼는 동안 두루두루
매끄러운 참기름을 둘러 주는 것이다
내 것도 한 술 떠 보시게
한 그릇에 옹기종기 모여
쩝쩝 들어붙는 것이다

—「전주비빔밥」 전문

　언제나 시인의 군침을 돌게 했던 '전주비빔밥'은 그저 맨
밥에 고추장 넣고 버무린 것이었지만, 한여름 쪽마루에 앉
아 물 한 대접과 함께 즐기던 조촐한 맛과 향기가 지금도 아
득하기만 하다. 그것은 윤기 나는 나락 냄새와 오방색을 서
로 받들면서 "동서남북 기운이 하나"로 어우러진 상태로 온
전이 다가왔기 때문이다. 그러니 "내 빛깔을 걸러서/ 상대
가 피어나도록 곁을 내어 주는 것"이야말로 이 비빔밥의 가
장 커다란 미덕이 아니었겠는가. 그때 "매끄러운 참기름"이
부대끼는 시간을 줄여 주면서 "한 그릇에 옹기종기 모여" 들
어붙는 우리네 음식이 되었던 것이다. 이처럼 송희 시인은
미각과 후각이라는 감각적 구체성으로 지난날들의 추억을

활력 있게 노래한다. 그 감각의 희열 안으로 아름다운 순간들이 그때처럼 재현되어 도열해 온다. "한 가닥 뿌리 내린/시래기 속 질긴 심지"(「한벽루 오모가리탕」)처럼 오래고도 견고한 기억이 여기서 꾸준한 실감으로 생성되고 있는 것이다. 다음은 어떠한가.

    물국시 한 사발 하시게요
    난 이 말이 좋다
    툇마루 있는 집이 연상되어 좋다
    나무젓가락과 친근한 양푼이 생각나서 좋다
    반찬이 조촐해서 좋다
    꼭 국시처럼 생긴 사람들이 모여 있어서 좋다
    누구랑 먹어도 그냥
    국시 한 사발 먹은 것이기 때문에 좋다
    가는 국시는 더욱 좋다
    나보다 가벼워서 좋다
    순해서 좋다
    실타래처럼 엉킬 여지가 없어 좋다
    갚아야 할 식사 빚도 스르륵
    술술 잘 넘어가는 국시가 좋다
    이 세상에서 힘 안 들이고 이길 수 있는 것은
    만만한 국시구나 싶어서 좋다
    먹는 도중에 푹 퍼져서 다시
    한 그릇이 된 국시한테 져도 좋다
    국시를 먹고 나서는 뒤끝이 없다

비 오는 날 와락 땡긴다

—「물국시 한 사발」 전문

　이번에는 "물국시"다. "물국시 한 사발 하시게요"라는 말
은 순간적으로 시인에게 툇마루와 나무젓가락과 우그러진
양푼과 조촐한 반찬과 "꼭 국시처럼 생긴 사람들"을 한꺼
번에 떠올려 준다. 보잘것없지만 소중하고 따뜻한 시간과
풍경이 함께 모여 있어서 그것들은 시인에게 한없이 살가
운 기억을 선사해 준다. 누구와 먹어도 좋고 부피나 무게
를 따지지 않아서 좋은 가늘고 순한 맛의 물국시는 세상에
서 힘 안 들이고 이길 수 있는 친숙한 대상이기도 하다. 비
오는 날 더욱 당기는 그 기억이 이만큼 깊고 아득하고 아름
답다. 그 안에는 "주저앉을 듯 일어서고 깨질 듯 더 단단해
지는/ 물방울로 빚은 질긴 물뿌리 생生"(「가훈」)이 들어 있을
것만 같다.

　말할 것도 없이, 서정시의 본래적 권역은 내면의 절실한
자기 확인 욕망에 있다. 그것이 나르시시즘 차원이든 고통
스러운 성찰적 차원이든, 서정시의 포커스가 내면의 검색
과 그를 통한 자기 확인에 있음은 잘 알려진 사실이다. 물
론 세계와 내면 사이의 날카로운 균열을 포착하는 아이러니
혹은 반反동일성의 미학까지 포괄하는 경향이 최근 점증하
고 있기는 하지만, 그럼에도 불구하고 서정시의 근원적 회
귀성은 그 비중이 줄어들지 않는다. 송희 시인은 '전주비빔
밥/물국시'의 미각과 후각을 통해 감각의 희열을 드러내는

동시에 이러한 기억을 공유하는 어떤 집단적 귀속성을 고백함으로써 자기 확인의 열망을 탐색해 간다. 또한 그것은 지금 현재 송희 시인이 가장 가닿고 싶어 하는 어떤 상상적 차원을 은유하는 것이기도 할 것이다.


## 4. 존재론적 기원을 추구하는 치유와 극복의 언어

두루 알다시피 서정시의 자기 회귀성은 사물에 대한 독자적인 의미 부여와 함께 그것을 자신의 삶의 국면과 등가적 원리로 결합하는 은유적 속성을 구현하게 마련이다. 사물의 고유성에 사후적事後的 의미를 붙이는 이러한 은유적 속성은 여러 면에서 시적 본질에 근접해 간다. 그것은 세계와 내면의 긴밀한 조응照應을 시인 자신의 시선으로 수렴하고 해석하는 측면에서 가장 중요한 시적 원리가 되어 준다. 궁극적으로 서정시의 자기 회귀성이라는 것이 용인된다면, 시인 자신의 시선으로 사물의 고유성을 발견하고 그 응시의 힘으로 다시 삶의 태도와 자세를 성찰해 가는 이러한 은유적 원리는 포기되지 않을 것이다. 또한 그 응시의 힘으로 새롭게 사물에 활력을 불어넣는 시적 상상의 과정 또한 결코 위축되지 않을 것이다. 송희 시인은 그러한 원리에 바탕을 둔 채 구체적 사물을 통해 자신의 존재론을 노래해 간다.

무엇이든 구김 없이 건너게 하는 유리창과

무엇에게든 옮아가 헐렁한 길을 내주는 비

그게 넘어야 할 제 몫의 경계라 믿어

제게서 쓸쓸함이 더 빛난다는 걸 알지 못했지

유리창에 뛰어들어 말라붙은 비 허물과
허물에 가려져 마침내 저를 보게 된 유리창

무엇을 지키느라 제 모습 보지 못했는지
한 외로움과 한 외로움의 깨지 않을 낮잠
　　　　　　　　　　　―「유리창과 비의 껍질」 전문


　송희 시인은 '유리창'과 '비'의 상관성을 '껍질'이라는 독특
한 이미지로 구상화한다. 구김 없이 모든 것을 건너게 해
주는 '유리창'과 누구에게나 헐렁한 길을 내 주는 '비'는 서로
제 몫의 경계를 지키면서 쓸쓸함을 빛내며 호혜적 공존을
이루어 왔다. 이처럼 그네들은 서로의 껍질이 되어 준다.
하나의 껍질이 유리창에 뛰어들어 말라붙은 것이 '비'라면,
그 허물에 가려져 자신을 보게 된 것은 '유리창'이었을 것이
다. 그렇게 "한 외로움과 한 외로움의 깨지 않을 낮잠"을 바
라보는 시인의 시선은 마치 "널 향한 눈길이 만 리 밖까지
떠내려가"(「폭설」)는 힘처럼 멀리 퍼져만 간다.


　　장생포 와서 고래를 듣는다

거친 꼬리 음이 떠들썩하다
고래를 타려면 오래 눈빛을 나눈 적이 있어야 한다
살과 살을 부빈 적도 있어야 한다
태풍에 부서져도 괜찮다는 묵계가 필요하다
늘 멀리서 바라보고 돌아서던 나는
아직도 과거다
손 내밀어 악수는 할 수 있을까
식탁 위에 그의 일생이 해부되어 있다
바람으로 덧댄 계기판엔 수없이 보냈을 신호음이
너덜너덜 녹슬었다
내 항로와는 매번 어긋났던 부서진 지도들
구석구석 파동을 혀끝에 굴려 보고서야
물로 써 내려간 말이 읽힌다
나에게 시퍼런 물기둥을 건네고 싶은 것
순한 미래를 주고 싶은 것
그의 심줄을 한입 물어 내 등줄기로 옮겨 심는데
이럴 수가
내 심줄보다 연하고 부드러웠다
                          —「고래 심줄을 당겨 봤니 2」 전문


　　과거 고래잡이로 유명했던 장생포에서 시인은 고래의
"거친 꼬리 음"을 듣는다. 그리고 고래를 타려면 모름지기
고래와 눈빛도 나누고 살도 부비곤 했어야 한다고 말한다.
이렇게 살가운 스킨십을 오래도록 치르고 나서야 고래는 비
로소 "늘 멀리서 바라보고 돌아서던 나"나 "내 항로와는 매

번 어긋났던 부서진 지도들"을 받아들이기 때문이다. 일생이 해부되어 식탁에 놓일지라도 고래는 "물로 써 내려간 말"로 자신을 증명한다. 순간 시퍼런 물기둥을 건네기도 하고 순한 미래를 주기도 하는 고래의 심줄을 등줄기로 옮겨 심으면서 시인은 바로 그 고래 심줄이 자신의 것보다 훨씬 연하고 부드러움을 느낀다. 그렇게 "기억의 가장자리쯤에서 그리움을 키우던"(「고래 심줄을 당겨 봤니 1」) 시간이 한순간 녹아 들어 가면서, 비록 "언어가 통하지 않아 묵언"(「인도 2019」)으로만 소통 가능하지만 시인과 고래는 그렇게 하나가 된다.

우리는 지금 궁극적이고 본원적인 가치보다는 물리적이고 감각적인 표상을 더욱 중시하는 근대의 절정이자 황혼을 살아가고 있다. 디지털 시대라고 명명되는 이러한 후기 근대의 기율과 원리는 이제 우리의 몸과 마음속으로 깊숙이 내면화되었다. 우리 시대는 이처럼 삶의 오랜 정체성에 균열을 내면서 오래된 가치에 대한 혼란을 가져오고 있다. 이때 이러한 균열을 치유하고 극복하려는 시적 전망(vision)이 필요하게 되는데, 송희 시인의 서정시는 이러한 치유와 극복의 언어를 들려주는 마르지 않는 샘과 같다. 나아가 그녀의 시는 반근대적 에너지를 단아한 형식 안에 표현함으로써 일종의 존재론적 '기원(origin)'을 추구하는 언어로 나아갈 개연성을 내포한다. 감각적 실재를 넘어 '유리창/비/고래'를 통해 어떤 궁극적 기원을 상상하는 시인의 욕망은 그 점에서 우리 시단에 종요로운 시적 경험을 발원케 하는 중요한 수원水源이 되어 준다 할 것이다.

## 5. 구체적 현장에 대한 선연한 기억들

마지막으로 송희 시인의 시선은 사람살이의 구체적 현장
에 대한 선연한 기억을 톺아 올린다. 사실 우리가 이 속도와
팽창의 시대에 아직도 느리고 단아한 서정시를 읽고 있는
것은 읽는 사람의 열망이 그 안으로 투사投射되어 시인의 언
어와 조우하면서 생기는 창조적 힘 때문일 것이다. 서정시
는 그 안으로 들어가 언어와의 일체를 꿈꾸는 독자들의 욕
망에서 그 역설적 가치를 실현하는 것이다. 또한 서정시는
우리의 일상에 편재遍在한 불모성을 치유하고 새로운 소통
가능성을 꿈꿀 수 있는 기능을 가져다주기도 한다. 그 가운
데 송희 시인의 시가 중요하게 성취하는 영역이 오랜 기억
속에 있는 치유의 가능성인데, 이때 우리는 교환가치가 지
배하는 일상을 살아가며 잊어버리고 있는 본원적 가치 가운
데 우리가 살아왔고 지금도 그렇게 살고 있는 생활적 구체
성의 목록을 품어 안을 수 있게 된다. 그 점에서, 오랫동안
사람살이의 구체성을 담아 왔던 송희 시인의 감각은 그 첨
예한 기능을 폭넓게 보여 준다 할 것이다.

시립도서관 자리는
물을 정화하여 내보내는 정수장이 있던 터였다
정수장에서 흘러내린 물로 옴팍한 웅덩이가 생겼다
얼굴을 묻고 후루룩 마시고 싶은 물
사람들이 물을 퍼 날라 쓰고

간간이 빨래를 하기도 했고

밤이면 그곳에서 멱을 감았다

달도 조심조심 살펴 뜨던 수도골목

간혹 즐거운 비명 소리와 낄낄대는 소리가 들렸다

경사진 길에서 겨울이면 아이들이 썰매를 탔다

쌔앵 대나무로 엮은 썰매는 잘도 내려갔다

까마득한 전설 같은 유년 한 토막은

어쩌다 수도골목보다 더 깊은 산속에 칩거한

아버지 인생 한쪽에 묻어

가끔 별이 타는 소리를 냈다

— 「수도골목 이야기 1960」 전문


그 옛날 수도골목 정수장의 터에 지금은 시립도서관이 들어서 있다. 시인은 정수장에서 흘러내린 물이 웅덩이를 만들어 거기서 사람들이 물을 퍼 나르고 빨래를 하고 멱을 감던 시절을 떠올려 본다. 가끔씩 즐거운 비명 소리와 낄낄대는 소리가 들리던 그곳에서 아이들은 대나무로 엮은 썰매를 타고 "까마득한 전설 같은 유년 한 토막"을 보냈을 것이다. 깊은 산속에 은거한 아버지의 인생 한쪽에서 "별이 타는 소리"도 가끔 났다고 하니 '수도골목 이야기 1960'은 시인 스스로 "나의 시조는 발자국"(「섬」)이라고 말했던 존재의 원적原籍 같은 기억의 축도縮圖로 다가오는 것이 아닐까 한다.


인도의 남쪽에 라마나 마하리쉬 사원이 있다

109

마하리쉬 흉내를 내며

그가 명상하던 바위까지 맨발로 올라갔다

사람들로 가득 차서 엉덩이 붙일 곳이 없었다

개에게도 자리를 빼앗겼다

서너 날 있으려고 들어섰다가

몸이 떨어지지 않았다

그곳에서 빠져나오기는 오래 걸렸다

거기 과거를 걸어 두고 왔다

거기 미래도 걸어 두고 왔다

심장도 걸어 두고 왔다

—「인도 3」 전문


　　시인은 발걸음을 더욱 확장하여 인도 아루나찰라산을 향
한다. 그곳에는 라마나 마하리쉬 사원이 있는데 그가 명상
하던 바위까지 맨발로 올라간 시인은 서너 날 있으려고 들
어섰다가 몸이 떨어지지 않아 빠져나오는 데 오래 걸렸다고
고백한다. 어쨌든 시인은 세상의 변방에 과거도 미래도 심
장도 모두 걸어 두고 나온 셈이다. 이제 안에 고인 생각도
버릴 곳이 생긴 시인으로서는 "풀잎 씻기는 소리를 받아 적
던 길"(「심포나 갈래」)에서 명상과 수행의 길까지 비움과 치유
의 방법을 배우면서 걸어온 것이다.

　　언젠가 하이데거(M. Heidegger)는 "말하는 것은 말하는
사람이 인지한 것을 드러내는 일이지만, 이는 말하는 사
람이 인지한 것이 이미 먼저 말하는 사람을 바라보고 있었

기 때문이다"라고 말한 적이 있다. 송희는 발화 이전에 이미 발화 대상과의 흔연한 일체감을 형성하는 시인이다. 우리가 그녀의 시를 통해 현실에서 불가능한 일종의 존재 전환을 꿈꿀 수 있다면, 일상적이고 물리적인 현실을 벗어나 전혀 다른 곳으로 이동할 수 있다면, 이러한 전환과 이동을 가능케 한 그녀만의 시적 생성의 순간 때문이라고 아니 할 수 없다. 그리고 그렇게 이루어진 시적 경험은, 무한한 상상적 확장을 통해 뭇 사물들로 권역을 넓혔다가 다시 시인 자신에게 돌아오는 과정을 천천히 밟아 간다. 이러한 과정에서 송희 시인이 노래하는 구체적 현장에 대한 선연한 기억들은 단연 빛을 발한다.


## 6. 공동의 기억과 매개하는 상상력

우리가 천천히 읽어 왔듯이, 송희 시인의 이번 시집은 지나온 시간에 대한 기억의 복원에 매진하고 있다. 그것이 지난 역사를 복원하는 차원이든, 순결했던 지난날을 추억하는 차원이든, 시간성 자체를 궁구하는 차원이든, 송희 시인은 시간적 경험과 해석 과정을 지속적으로 형상화하고 있다. 물론 이러한 흐름에는 직선적이고 분절적인 근대적 시간관觀에 대한 일정한 반성의 의미가 포함되어 있을 것이다. 그만큼 송희 시인은 삶에 대한 지극한 사랑과 반성적 사유를 통해 자신의 몸속에 쌓인 오랜 시간을 긍정하면서 시간의 본질을 탐구해 가고 있다. 현실에서 가닿을 수 없다고 여겨지는 순수 세계는 그러한 탐구와 열망 속에서 비로소 몸을 열게 되는 것이다.

물론 서정시에서의 기억이란 동일성의 감각에 의해 구축되는 하나의 언어적 원리일 것이다. 송희 시인은 삶과 사물을 해석하고 형상화하는 과정에서 그 이면에 존재하는 오랜 시간의 파동을 세밀하게 포착하여 그것을 순간적 충일함으로 복원해 냄으로써 기억의 운동을 다양화한다. 시인은 그 작업을 감각적 현존들이 저물어 가고 있는 곳에서 수행해 간다. 또한 이는 지난 시간으로 복귀하려는 퇴행과는 달리, 그리고 기억의 나르시스적 성격과는 철저하게 구별되면서, 공동의 기억과 매개하는 상상력 속에서만 가능했던 것이었을 터이다. 우리는 송희 시인의 시를 통해 그러한 과정이 구체적 삶의 토양 속에서 길어 올려지고 있음을 목도하게 된다. 이렇게 우리는 따듯하게 생을 응시하는 창으로서 송희 시인의 서정시가 움직여 가는 과정에 커다란 믿음과 응원을 보낸다. 그리고 이제 그 흐름을 충실하게 이어 가면서 앞으로도 그녀의 시가 우리 시단을 환하게 밝혀 가기를, 마음 깊이, 소망해 본다.